対訳でたのしむ

三井寺

みいでら

檜書店

目次

凡例

一、下段の謡本文及び舞台図（松野奏風筆）は観世流大成版によった。
一、下段の大成版本文は、横道萬里雄氏の小段理論に従って、段・小段・節・句に分けた。それらはほぼ上段の対訳部分と対応するように配置した。
一、下段の謡本文の句読点は、大成版の句点を用いず、また小段内の節の切れ目で改行した。
一、段は算用数字の通し番号で示して改行し、その段全体の要約と舞台展開、観世流とその他の流派との主な本文異同を中心に説明を付した。
一、小段名は舞事などを含む囃子事は〔　〕で、謡事は［　］で括り示した。

三井寺（みいでら）

竹本幹夫

〈三井寺〉（みいでら）

清水観音（現在の京都市東山区の音羽山清水寺）に参籠して、行方知れずのわが子に会いたければ近江国三井寺（現在の滋賀県大津市園城寺町）を訪ねよとの夢告を得た母（前シテ）は、門前の者（オモアイ又はアドアイ）の夢占いに力を得て、三井寺に赴く（中入）。一方、三井寺では、八月十五夜、中秋の名月を眺めようと、素性知れずながら新参の弟子となった稚児（実は一子千満・子方）を伴い、寺僧たち（ワキ・ワキツレ）が三井寺講堂の前庭に出る。そこにちょうど女物狂（後シテ）が着く。能力（アドアイ又はオモアイ）の打つ鐘の音の面白さに惹かれ、狂女も鐘を撞こうとするが、名月を待ち境内の木蔭にたたずんでいた寺僧に制止される。狂女は中国の詩狂の故事を引き、初夜・後夜・晨朝・入相・暁・待つ宵・寝覚・半夜の鐘の響きを、経文や古今の詩歌にこと寄せて述べ列ねる（なお、「クセ」の上ゲ端以降は琳阿弥作の曲舞謡で現行観世流では乱曲の三曲の一つとなっている「西国下」を借用する）。それを見て師僧に狂女の国里を問うてくれるように頼む稚児の声から、わが子と悟った狂女は寺僧の制止を振り切り、稚児も自らの素性を初めて明かして、めでたく親子の対面を遂げる。やがて母子は故郷の駿河（現在の静岡県）に帰り、富貴の身となる。

《この能の魅力》

〈三井寺〉は古今の詩歌をちりばめた鐘の音尽くしの情緒的な美文と、優美な旋律とによって、「謡三井寺」と称されるほどの人気曲だ。世阿弥時代に「鐘の能」と呼ばれた作品があったが、それは本曲を措(お)いて他にあるまい。ところがこの能は作風上色々な問題がある。母親物狂ながら、古来佯狂(ようきょう)(偽りの狂乱)とされ、世阿弥的な一途な物狂とは一線を画する。物狂能に登場する様々の人物類型がほぼすべて登場するというごたごたした古風な印象ながら、明らかに完成された物狂能の様式性をも備えていることなど、世阿弥の作風とは異質の印象がある。

鎌倉末期頃の三井寺の景観を伝えるとされる、京都国立博物館蔵『園城寺境内古図』によれば、講堂ではなく金堂の傍らに、「鐘堂　祇園精舎之寂滅為楽之鐘。自龍宮伝之」と注記のある、掘っ建て式の吹き抜けの柱組に切妻(きりづま)屋根の乗った鐘撞き堂が描かれる。能〈三井寺〉でシテが撞くのはこの鐘であろう。鐘が講堂前庭にあるかの能の設定は、兵乱による寺の焼亡と関連するのかもしれない。三井寺への歴代室町将軍の尊崇は篤く、もと天台座主(ざす)の将軍義教(よしのり)も寺内のことは知悉(ちしつ)していよう。彼の御前で演じられた能である以上、現在からは想像を絶する能制作当時の三井寺の俤(おもかげ)が、ある程度は作品に反映されていた可能性もある。

東山の清水寺に参籠していた前シテが、荒神口(こうじんぐち)に出て北白川から「志賀の山越え」で三井寺に着くという設定には無理がある。粟田口から逢坂越えで大津に出た方が近かろう。キリの文中にある、千満が富貴の家を興したのが「孝行の威徳」だという、取って付けたような理由付けも、わが身の恥を顧みず、物狂の母と親子の名乗りを上げたことを指すのだが、いささか判りにくい。要するに、〈三井寺〉とは、細部にはこだわらない作品なのであろう。戯曲の構想に破綻があっても、舞台としては十二分に面白いという劇作品は世上に少なくない。

【作者】『申楽談儀』に観世三郎元重(もとしげ)(後の音阿弥(おんあみ))が将軍家(義教か)の御前で「鐘の能」を演じた記事があり、同書成立の永享二年(一四三〇)十一月が成立の下限。作者は不明。

【題材】三井寺梵鐘(ぼんしょう)の由来説話は同寺の古伝で、『太平記』巻十五等にも見える。詞章には二条良基『石山寺百韻』発句等や、『六華集』、その他古今の詩歌が多用される。

【場面】
前場　清水寺観音堂から門前。
後場　三井寺講堂の前庭。

【登場人物】
前シテ　千満の母(面は深井(ふかい)。流派により曲見(しゃくみ))
後シテ　同人・狂女(面も同様)
後子方　三井寺の稚児、実は千満
ワキ　三井寺の僧
ワキツレ　従僧(二名。観世は三名とする)
アドアイ　清水寺門前の者(前場)
オモアイ　三井寺の能力(後場)

1

母の夢想　紅無唐織の着流し姿で数珠を持った母（前シテ）が囃子の登場楽なしに幕から出て、舞台正面先にすわり、合掌して謡となる。清水観音の霊前で夢告を得たさま。謡の後、夢から覚め、仏前を退下して清水寺門前に向かう様子で、常座に立つ。清水寺門前の男（アイ）はこの謡の間に幕から出て狂言座に着座。シテが立つのに合わせ一の松に立つ。なおこのアイは大蔵流ではアドアイ、後出の能力がオモアイとなる。和泉流では逆にこちらがオモアイとなる。観世流の小書、無俳之伝ではこのアイは登場せず、この段の後、シテは直ちに中入する。

下掛り諸流は下記の通り異文がある。［サシ］の「この程」が「年月」、「重ねたる」が「重ねつる」、「などかその効なからんと」が「などかはむなしかるべきと」、「思ふ心ぞ哀れなる」が「思ふ心を哀れとも」。［上ゲ歌］後のセリフが「あらふしぎや、少し睡眠（金剛のみスイミン）の中に、あらたに霊夢を蒙りて候、あら有難や候、さらば（金春〔こんぱる〕）やがて下向申そう（剛、申さばやと思ひ候）」。宝生もこのセリフの後半「霊夢を蒙りて候、又わらはを」となる。なお金剛の金剛返〔こんごうがえし〕の小書では［上ゲ歌］冒頭の返し「枯れたる」の四文字を謡わない。

母　大慈悲のみ心で衆生を導かれる観世音菩薩を信仰いたします。

ただ頼めしめぢが原のさしも草われ世の中にあらん限りは（『新古今和歌集』釈教一九一六番歌の変形）

（ひたすら私を信仰せよ。下野〔しもつけ〕の名所標茅〔しめじ〕が原のモグサのように胸を焦がす思いにさいなまれていても、私がこの世に留まる限りは必ず救うであろう）

とのご託宣歌の通りに、この上なく尊いお誓いの御利益は、観音の御名を一度唱え、心の内に念じるだけでも必ずあるのだから。ましてやこの間ずっと、毎日毎夜信心の誠を尽くした以上は、どうしてその御利益のないことがあろうかと、思う心の哀れさよ。

［サシ］
シテ〽南無〔ナム〕や大慈大悲〔ダイジダイヒ〕の観世〔クワンゼ〕音〔オン〕さしも草〔グサ〕、さしも畏〔カシコ〕き誓〔チカ〕ひ〔イ〕の末〔スヱ〕、一称一念〔イッショウイチネン〕なほ〔オ〕頼みあり、ましてやこの程日を送り、夜〔ヨ〕を重〔カサ〕ねたる頼みの末、などかその効〔カイ〕なからんと、思ふ〔オ〕心ぞ哀〔アワ〕れなる

母　どうか憐れみをお掛け下さい。かわいい我が子は一体どこに行ってしまったのか。我が子は今どうしているのでしょうか。

母　枯れてしまった木でさえも、枯れてしまった柳の古木にさえ、花を咲かせてしまうほどの清水観音の御利益なのだから。枯木どころかまだ若木の緑のようなみどり子に、ひょっとしてもう一度どうして出逢わないことがありましょうか、必ずやもう一度逢うことが出来ましょう。

母　ああありがたや。ほんのちょっとまどろんだ間に、あらたかなご霊夢を蒙るとは。私にいつも声を掛けて力づけて下さる人がいます。どうか来て下さいますように、この夢のことを話そうと思います。

2

門前の者の夢占い・母の中入(なかいり)　清水寺門前の男（ア

[下ゲ歌]
シテ〽あはれ(ワ)み給へ(エ)思ひ(イ)子(ゴ)の、行末(ユクスエ)何(ナニ)となりぬらん、行末何となりぬらん。

[上ゲ歌]
シテ〽枯(カ)れたる木にだにも、枯れたる木にだにも、花咲くべくは自(オノ)づから。未(イマ)だ若木(ワカキ)のみどり子(コ)に、二(フタ)度(タビ)などか逢(ア)は(ワ)ざらん、二度などか逢は(ワ)ざらん。

[□]
シテ〽あらありがたや候(ゾオロ)、少(スコ)し睡眠(スヰメン)の中(ウチ)に、あらたなる霊(レイ)夢(ム)を蒙(コオム)りて候(ソオロオ)は如何(イカ)に、わらは(ワ)をいつも訪(ト)ひ(イ)慰(ナグサ)むる人の候、あはれ(ワ)来り候へ(ソオラエ)かし語らばやと思ひ(イ)候

イ・宿の主人）が一の松で名乗り、客の婦人（シテ）を迎えに行くと言って舞台に入り、シテを見つけて声を掛け、正中（舞台の中央）に導いて床几にすわらせる。自らは目付柱辺にすわって応対し、夢のことを聞き、「尋ぬる人に逢ふみ（近江）の国、わが子を見ゐ（三井）寺」などと夢合わせをし、囃子のアシライで中入するシテの後について退場。この場面のセリフはシテ方・狂言方の流派により、小異が多いが、内容には大差がない。なお夢占を聞いた後、金剛では、シテは「さてその三井寺とやらんへはいづ方へ参り候ぞ」とアイに問い、その返答を聞く。下掛り諸流は一致して、シテの最後のセリフは節になり「あら有難のおん事や、教えの告にまかせつつ、三井寺へ参りさむらわん」（金春による）となる。

［問答］
（狂言セリフアリ）

（アイが立って清水門前の者で清水寺参籠の婦人を泊めているがそろそろ下向の刻限なので迎えに出ようと言い、門の近くでシテを見つけた様子で呼び掛け、宿に誘い霊夢を見たなら占おうと言う。）

母　たった今ちょっとまどろんだところ、あらたかなご霊夢を蒙りました。我が子に逢おうと思うなら三井寺へ参詣せよと、あらたかなご霊夢を蒙りました。

（アイは吉夢だと言って、尋ねる人に逢えるという近江の国、我が子と相見る三井寺、と夢合わせをしてシテを喜ばせる。）

母　ああうれしくも夢合わせをして下さいましたこと。

母　夢のお告げに従い、三井寺とかいうところに参りましょう。

〔アシライ〕シテの中入に合わせた大鼓・小鼓（流派により笛も）による、不定拍の静かな演奏。

3

三井寺寺僧・子方・能力の登場　後見（こうけん）が幕から鐘

シテ〽只今少し睡眠（スヰメン）の中（ウチ）に、あらたなる御霊夢（ゴレイム）を蒙り（コオム）て候、我が子に逢（アワ）はんと思は（ワ）ば、三井寺へ（エ）参れとあらたに御霊夢を蒙りて候

（狂言セリフアリ）

シテ〽あら嬉しと御合（オンナワ）はせ候ものかな

シテ〽告（ツゲ）に任（マカ）せて三井寺とやらんへ（エ）参り候べし

【中入】

楼の作り物を運び出し、舞台に向かい左手の目付(めつけ)柱(ばしら)の近くに据える。角帽子(すんぼうし)・水衣(みずごろも)・大口袴(おおくちばかま)姿の三井寺の僧たち（ワキ・ワキツレ）が、縫箔(ぬいはく)・児(ちご)袴姿の少年（子方・実は駿河で人商人に誘拐され逃げ出した千満）を先立て、能力（アイ）を従えて、〔次第〕の囃子で登場。舞台正面先で二列に向かい合い、〔次第〕を謡い、〔名ノリ〕を述べた後、舞台に向かい右手の脇座(わきざ)に列座する。オモアイは狂言座に退く。

〔次第〕の末句「急ぐらん」が金春のみ「澄ますらん」となる。〔名ノリ〕には小異が多いが、下掛り宝生流のワキセリフ「是は江州園城寺の住侶にて候、是に渡り候稚き人は、行ゑもしらぬ人にて渡り候が、愚僧を頼む由仰候程に、師弟の契約をなし申て候へば、利根第一の人にて渡り候、又今夜は八(はち)月(がち)十五夜、明月の夜にて候程に、わかき人々を伴ひ、講堂の庭に出月を眺ばやと存候」となる（傍線部が主な異同部分）。なお金春・喜多は「明月」が「名月」に、下掛り諸流は末句の「存候」が「思ひ候」になる。〔上ゲ歌〕は諸流異同がない。

〔次第〕大鼓・小鼓と笛のアシライによる不定拍の静かな登場楽。

僧たち
秋も半ば、中秋（ちゅうしゅう）の日暮れ時を待って。中秋の日暮れ時を今か今かと待つのは、月の出に間に合おうと心せくからだろうか。

寺僧
私は近江国園城寺（おんじょうじ）（三井寺）の寺僧です。またこちらにお出での少年は、私を師匠と仰ぎ仕えたいとおっしゃるので、やむなく弟子として入門を許しました。また今夜は八月十五夜の素晴らしい月の夜ですので、この少年をお連れして、皆で講堂の前庭に出て、月を眺めようと存じます。

僧たち
「類いなき名を望月の今宵かな」（二条良基・『菟玖（つく）波（ば）集』巻二十発句二一〇八）のことば通り、一年で最高の名月という、名を持つ望月の今宵だからと、日が暮れるのを待ちきれずに急ぐ人の心は、知る人も知らぬ人も一緒になって。
雲が出るのを嫌うからか、明るいうちから、今

〔次第〕

〔次第〕
ワキ ワキツレ 〽秋も半（ナカ）ばの暮待ちて、月に心や急ぐらん。

〔名ノリ〕
ワキ 〽これは江州園城寺（ゴオシウヲンジョオジ）の住僧（ジウソオ）にて候、又これに渡り候幼（ヲサナ）き人は、愚僧（グソオ）を頼む由仰せ候間、力なく師弟（シテイ）の契約（ケイヤク）をなし申して候、また今夜（コンヤ）は八月十五夜明月（ハチグワチジウゴヤメイゲツ）にて候程に、幼（ヲサナ）き人を伴（トモナ）ひ申し、皆々講堂（コオドオ）の庭に出でて、月を眺（ナガ）めばやと存じ候

〔上ゲ歌〕
ワキ ワキツレ 〽類（タグイ）ひなき、名を望月（モチヅキ）の今宵（コヨイ）とて、名を望月の今宵とて、夕（イウ）べを急ぐ人心（ヒトゴコロ）、知るも知らぬも諸共（モロトモ）に。
雲を厭（イトオ）ふやかねてより、月

宵の名月が見られますようにと、夕日影に期待を込めるのだろう、夕日影に期待を込めるのだろう。

の名頼む日影かな、月の名頼む日影かな。

4

寺僧と能力の応対・能力の座興　寺僧（ワキ）は能力（オモアイ）を呼び出し、稚児のために余興を命じる。アイは小舞「いたいけしたるもの」を舞い、折しも門前に現れた狂女（後シテ）を呼び入れようと寺僧の一人（ワキツレ）に提案するが拒否されてしまい、自分の一存で狂女を通せと呼ばわった後、笛座前に着座する。なおこの場面の詞章は諸流謡本には掲出されていない。

（アイは小舞「いたいけしたるもの」を舞う）

（ワキ狂言問答及ビ狂言ノ所作アリ）

5

狂女の登場　〔一声（いっせい）〕の囃子で、上着の縫箔を腰巻にし、水衣を着し、手に笹の枝を持った狂女（後シテ）が登場し、一の松で〔(サシ)〕を高らかに謡い、比叡山に一礼の仕草を見せた後、〔一セイ〕の謡で舞台に入り、常座（じょうざ）から〔カケリ〕で舞台を二巡して再び常座に戻り、〔一セイ〕の末句を謡う。そして〔段歌（だんうた）〕で、三井寺までの叙景の文句に合わせ、諸方の景色を眺めつつ三井寺に着いた様子で大小前（だいしょうまえ）（または常座）に立つ。

宝生は〔(サシ)〕の「志賀の山越」以下「比叡の山高み」までの三句が節のない詞となり、「上見ぬ」以下再び節になる。金春は「鳰照る比叡の山高み」のみの一句が節のない詞。また観世以外は「ましてや人の親として」（金春は「親」まで）の一句が節のない詞となる。文句にも小異がある。〔段歌〕でも、「さこそ人の」が金春は「さこそ人も」、金春・金剛は「よし花も紅葉も」の一句がシテ謡、下掛り諸流は「住みよかるべし」が「住みよからまし」、観世以外は「帰ればササナミや」が「帰ればサザナミや」、宝生・金春・喜多は「風すさましき」が「風すさまじき」となる。

〔一声〕大鼓・小鼓と笛による、テンポの良い登場楽。

〔一声〕

基本は四段からなる。

狂女　雪ならばいくたび袖をはらはまし花の吹雪の志賀の山越え（『六華和歌集』巻一・二七一番歌・中務卿）
（これが雪であったなら何度袖を払うことになったろうか、山桜の花吹雪に見舞われた志賀の山越えよ）
と和歌に詠まれた、志賀の山越えを過ぎて下山道に掛かると、遥か先には鳰(にお)の海・琵琶湖が眺め渡され、照る夕日の下にこの上なく高く聳(そび)える比叡山は、天竺(てんじく)の霊鷲山(りょうじゅせん)にも比せられるとやら、それを今目の前に拝むとは。ああありがたいお山ですこと。このようによくわかっているような振りをしているけれど、私は思いにせかれて心が狂っているのですよ。いや我ながら当然のこと。物の分からぬ鳥や獣でさえも、親子の情愛は知っているもの。ましてや情理を解する人間の親の身として、大切に慈しみ育てて来た

狂女　我が子のゆくえすら判らなくなったのだから

［サシ］
シテ〽雪ならば幾度袖を払はまし、花の吹雪と詠じけん、志賀の山越うち過ぎて、眺めの末は湖の、鳰照る比叡の山高み、上見ぬ鷲のお山とやらんを、今目の前に拝む事よ、あらありがたの御事や。かやうに心あり顔なれども、我は物に狂ふよなう、いや我ながら理なり、あの鳥類や畜類だにも、親子のあはれは知るぞかし、ましてや人の親として、いとほしかなしと育てつる

［一セイ］
シテ〽子の行方をも白糸の、

地　糸の乱れる如く心が乱れ狂うのでしょう。

狂女　古歌に詠まれた雁ではないが、春ならぬ都の秋を見捨てて都を離れてしまうと

地　月のない世界に住み慣れているのではと、さぞかし人が笑うでしょうね。たとえ花も紅葉も月の光も雪も、風情のあるものは何も、降ることすらないわが故郷に、わが子がいてくれたなら、野暮な田舎でもどんなに住みよかったことか。さあわが子と故郷に帰ろう、早く故郷に帰ろう。寄せては返るのは琵琶湖のさざ波、さざ波や志賀の都と呼ばれたここも故都（ふるさと）の辛崎の一つ松、松の緑もわがみどり子を思わせる縁があるのなら、その松を吹く風にみどり子のゆくえを聞きましょう。それならば花を散らす松風だって厭（いと）いますまい。春ならば松風を厭うだろう志賀の花園の里を早くも通り過ぎ、杉木立の間を寒々と吹く秋の風、冷々とした秋の水を湛えた御井のある三井寺に着きました。とうとう三井寺に着きました。

地　〽乱れ心（ゴコロ）や狂ふ（ウ）らん。

〔カケリ〕

シテ〽都の秋を捨てて行（ユ）かば

［段歌］

地　〽月見ぬ里に、住みや習へ（エ）ると、さこそ人の笑は（ワ）め、よし花も紅葉（モミヂ）も、月も雪も故郷（フルサト）に、我が子のあるならば、田舎（イナカ）も住みよかるべし。いざ故郷（フルサト）に帰らん、いざ故郷に帰らん。

帰れば楽波（ササナミ）や、志賀辛崎（カラサキ）の一つ松、みどり子の類（タグイ）ひならば、松風（マツカゼ）に言問（コトト）はん。松風も、今は厭（イト）はじ桜咲く、春ならば花園（ハナゾノ）の、里をも早く杉間（スギマ）吹く、風すさましき秋の水の、三井寺に着きにけり、三井寺に早く着きにけり。

6

僧たちと狂女の月待ち　寺僧（ワキ）は着座のまま、シテは大小前（または常座）で［（掛ケ合）］となる。［上ゲ歌］でシテは謡に合わせて周囲の景色や湖面の月影を眺め渡す様子を見せた後、一の松に行く。ワキ文句の「あこがれて」は宝生・金剛・喜多は「あくがれて」、シテの「げにげに」は下掛り諸流は「折しも」、宝生は「げにげに」以下「故人の心」までが節なしの詞となる。

寺僧　「三五の暮に月の桂が実る」と古詩にうたう十五夜の名月を早く見たいと、庭の木蔭で佇(たたず)んでいると

狂女　まことに今夜は「十五夜の満月の光を見るにも遥か遠国の友のことを思う」（『和漢朗詠集』十五夜・二四二番詩・白楽天）と詩に詠じられ、水の面にてる月浪を数ふれば今宵ぞ秋のもなかなりける（『拾遺和歌集』秋一七一番歌・源順）

［（掛ケ合）］

ワキ〽桂(カツラ)は実(ミ)る三五(サンゴ)の暮(クレ)、名高(ナタカ)き月にあこがれて、庭の木(コ)蔭(カゲ)に休(ヤス)らへ(エ)ば

シテ〽げにげに今宵(コヨイ)は三五夜(サンゴヤ)中(チウ)の新月(シンゲツ)の色、二千里(ジセンリ)の外(ホカ)の故人(コジン)の心、水の面(オモ)に、照る月なみを数(カヅ)ふれば、秋も最中夜(モナカヨ)も半ば、所からさへ(エ)

（水の面に映る月を見て指折り月齢を数えてみると今宵こそまさに中秋なのだったなあ）と古歌に詠まれたように、中秋の夜半、三井寺というこの場所までもが趣きを添えるよ。

地

月は山の上空にかかっているのに、吹く風は時雨に似て木の葉をそよがせるこの鳰の海（二条良基『石山百韻』発句）。風は時雨のような音を立てて鳰の海を吹き渡っていく。琵琶湖のさざ波の泡立つ先には、粟津の森も見渡され、湖越しの遥かかなたにうっすらと姿が見えるのは澄み切った鏡のような満月を戴く鏡山、手前に見える山田矢橋の渡し船が、夜はこちら側に通ってくる人はいないでしょうが、この月影に誘われて、ひょっとして舟も月に恋い焦がれて漕ぎだして来るかしら。舟人も月に憧れて漕ぎ出すのではないかしら。

7

狂女の狂乱　能力（アイ）は立って舞台中央で急

面白や

[上ゲ歌]

地 〽月は山、風ぞ時雨(シグレ)に鳰(ニオ)の海、風ぞ時雨に鳰の海、波も粟津(アワヅ)の森見えて、海越(ウミゴ)しの、幽(カス)かに向(ムコ)ふ影なれど、月は真澄(マスミ)の鏡山(カガミヤマ)。山田矢橋(ヤバセ)の渡舟(ワタシブネ)の、夜(ヨル)は通(カヨ)ふ人なくとも、月の誘(サソワ)はば自(オノ)づから、舟もこがれて出づらん、舟人(フナビト)もこがれ出づらん。

いで後夜の鐘を撞こうと言い、三井寺の鐘の音を自賛した後に、鐘を撞く。狂女（後シテ）はアイの撞く鐘の音に感興を催し、アイに続いて鐘を撞こうとする。

観世以外の諸流では、アイが鐘の由来を自賛した後にこれを撞くと、一の松から舞台に進んだシテが、アイを背後から笹で打ち、アイは「蜂が刺いた」と言って飛び退く。「わらはも鐘を撞かふずるにて候」などと言うシテをアイが止めようとすると、「人の撞かぬ鐘ならば何とておことは撞くぞ」などと言い、アイはそれに「鐘つく法師」などと秀句で返答して笛座前に着座する。

下掛り諸流はシテのセリフが、「あら面白の」となり、「常は」の語が「清見寺の鐘をこそ」の前に来る。また「聞き馴れしがこれはサザナミや」（宝生もサザナミ）となる。

（アイとシテのやりとり）

（狂言セリフアリ）

[□]

シテ〽面白の鐘（カネ）の音（ネ）やな、我が故郷（フルサト）にては清見寺（キヨミデラ）の鐘を

狂女　趣のある鐘の音だこと。私の故郷では清見寺の鐘をいつも聞き馴れていたけれど、これはまた、

さざ波や三井のふる寺鐘はあれどむかしにかへる声はきこへず（『歌枕名寄』巻二十四東山部・近江国下所引六四六八番歌・「三井」　文永五年中務卿親王家歌合　法印定円）

（さざ波の志賀の古都にある三井の古寺には昔ながらの鐘はあるがその鐘の音を聞いてもいにしえの栄華は帰って来ない）

と詠まれた名鐘。たしかこの鐘は、俵藤太秀郷とやらが龍宮から持って帰って来た鐘だと聞いているから、『法華経』に説く龍宮の王女龍女の成仏譚の縁に引かれて、女人の私も鐘を撞きましょう。

地　光はあたかも霜のように真っ白に耀いて、月光の白さは霜夜さながらで、この月に鐘の音は一層冴えわたるのではないでしょうか。

8

狂女の鐘撞き　［次第］の後、笛座の能力（アイ）は立って寺僧（ワキ）に狂女（後シテ）が鐘を撞

こそ常は聞き馴れしに、これはまた楽浪や、三井の古寺鐘はあれど、昔に帰る声は聞えず、まことやこの鐘は秀郷とやらんの龍宮より、取りて帰りし鐘なれば、龍女が成仏の縁に任せて、わらはも鐘を撞くべきなり

［次第］

地　〽影はさながら霜夜にて、影はさながら霜夜にて、月にや鐘は冴えぬらん。

くと知らせると、ワキは立ってシテを制止する。シテはそれに詩狂の故事で応え、様々の所作を見せながら四時の鐘の音を『涅槃経』の四句の偈になぞらえ、近付いて鐘を撞く。ワキは脇座に着座する。シテも鐘を撞き終え、舞台中央に着座する。「庾公」は観世・金剛以外は「イウコオ」。ワキセリフの「古人の詞」が「古人（故人トモ）の事」（下掛り諸流・下宝）、「狂人の身として」が「狂人として」（春）、「狂人の身にて」（下宝）、下宝と下掛り諸流は「鐘つくべき事」以下が「鐘つくべきか」で以下シテセリフに続く。シテセリフは観世以外は「再々として」が「漸々として」、下掛り諸流は「この後句なかりしに、明月（名月・剛）に向かひ心を澄まし（澄まいて・喜）」となる。「今宵」以下金春・金剛は詞のままで節なし。下掛り諸流は「無からんと」が「無からんといふ」、「この句をまうけて」が「この句をまうけ」、「高楼に登つて」が「高楼に登り」、宝生は「咎めしに」が「咎めしかば」、下掛り諸流は「聖人なりしだに」が「聖人なりしかども」となる。謡の部分は異同がない。

寺僧　ややあ待て待て。物狂の分際でどうして鐘を撞くのだ。急いで下がりなさい。

狂女　詩に「夜庾公(ゆこう)の高殿に登ると、月は千里の彼方まで明るく照らしている」（『和漢朗詠集』雪・三七四番詩・謝観）とあるように、月に感動して高楼に登り詩を詠じるのも、鐘の音を鳴らすのも同じこと。お許し下さいませ。

寺僧　それは風雅を解する古人の詩のこと、物狂の分際で鐘を撞こうというのはとんでもないことだぞ。

狂女　十五夜の月に感動して鐘を撞くことにつきましては、狂人だからとてお厭いなさいますな。ある詩に次のごとくあります。「まん丸の月が海から切り立った山稜を離れ、次第次第に雲の中から現れた」、この後の句が思い付かなかったので、明るい月に向かい心を澄まして、「今宵の月はまさに満月、至る所に美しい光が満ち満ちている」と、この句を案じ出してあまりのうれしさに心

[問答]

ワキ〽ややあ暫く、狂人(キョオジン)の身にて何(ナニ)とて鐘をば撞(ツ)くぞ　急いで退(ノ)き候(ソオラ)へ

シテ〽夜庾公(ヨルユコオ)が楼(ロオ)に登(ノボ)りしも、月に詠(エイ)ぜし鐘の音(ネ)なり許(ユル)さしめ

ワキ〽それは心ある古人(コジン)の詞(コトバ)、狂人(キョオジン)の身として鐘撞(ツ)くべき事、思ひ(イ)も寄らぬ事にてあるぞとよ

[(語リ)]

シテ〽今宵(コヨイ)の月に鐘撞(ツ)く事、狂人(キョオジン)とてな厭ひ(イトイ)給ひ(イ)そ或(アル)詩(シ)に曰(イワ)く、団々(ダンダン)として海嶠(カイキョオ)を離(ハナ)れ、冉々(ゼン)として雲衢(ウンク)を出(イ)づ、この後句(ゴク)なかりしかば、明月(メイゲツ)に向つて、心を澄(ス)まいて、今宵一輪満(コヨイイチリンミ)てり、清光何(セイクヮオイヅ)れの処にか無(ナ)からんと、この句(ク)をまう(モオ)けて、

が乱れ、高楼に登って鐘を撞きました。人々が一体何だと咎めたところ、これは「詩狂」というものじゃと切り返しました。これほどの聖人でさえも、素晴らしい月には心が乱れるということがあるのです。ましてや分別のない狂女なのですから、

地　お許し下さい人々よ。煩悩にまみれたこの世の夢を覚ますのは、仏の御法を静かに唱える声、同じように静かに午後八時頃の初夜の勤めを知らせる鐘を撞くと、

狂女　諸行無常（しょぎょうむじょう）（この世の万物は変化して不変のものは何一つない）と響くのです。

地　午前四時頃の後夜の勤めの鐘を撞くと、

狂女　是生滅法（ぜしょうめっぽう）（あらゆるものは消滅して不滅のものは何一つない）と響きます。

地　午前六時頃の晨朝（じんじょう）の勤めの鐘の音は

余りの嬉しさに心乱れ、高楼に登つて鐘を撞く、人々如何にと咎めしに、これは詩狂と答ふ、かほどの聖人なりしだに、月には乱るる心あり、ましてやつたなき狂女なれば

［歌］

地　〽許し給へや人々よ、煩悩の夢を覚ますや、法の声も静かにまづ初夜の鐘を撞く時は

シテ　〽諸行無常と響くなり、

地　〽後夜の鐘を撞く時は、

シテ　〽是生滅法と響くなり、

地　〽晨朝の響きは、

狂女 消滅滅已（生死の縁を離れて涅槃に入る）、

地 日の沈む入相時の勤めの鐘は、

狂女 寂滅（涅槃の境地こそは）

地 為楽（真の安楽境である）と響くのです。このように真の悟りへの道筋を示す鐘の音は、撞くに従い更けゆく月と共に数を増して、百八煩悩の眠りから目を覚まさせ、夢のようにはかないこの世の迷いももはや尽きたのではと思うほど。何度も撞く後夜の鐘の音に、私も女ゆえの、梵天・帝釈・魔王・転聖輪王・仏になれぬという五障のさわりを脱して、悟りを象徴する満月の姿を、ここですわって眺め明かしましょう。

9

狂女の曲舞　皆着座のまま、鐘の音に心を澄ます様子で、様々の鐘にまつわる故事本文に思いを馳せる。狂女（後シテ）は［クセ］の上ゲ端で立ち、

シテ〽生滅々已

地〽入相は、

シテ〽寂滅

地〽為楽と響きて、菩提の道の鐘の声、月も数添ひて、百八煩悩の眠りの、驚く夢の世の迷ひも、はやつきたりや後夜の鐘に、我も五障の雲晴れて、真如の月の影を、眺め居りて明さん。

扇を広げ、謡に合わせて舞い、常座で舞い留める。金春・金剛は、［クリ］の「また龍池の柳の色は」の一句、地謡のまま。下掛り諸流は［クセ］の「春の夕暮」が「春の夕べを」、「花ぞ散りける」が「花や散るらん」、「待つ宵に」が「待つ宵の」、「あかぬ別れの」が「あかぬ別れを悲しむ」となる。また観世以外は「サミシサ」が「サビシサ」、「スサマシク」が「スサマジク」となる。さらに下掛り諸流は［クセ］の後に、「かやうに狂ひめぐれども、わが子に似たる人だにもなし。あらわが子恋しや候」とシテの文句（節あり）が入る。

地　そもそも「漢の長楽宮の有名な鐘の音は満開の花の彼方に消えていく」。

狂女　また「唐の都長安城の龍池の畔にある柳の緑は

地　雨の中で深みを増していく」
（『和漢朗詠集』雨・八一番詩・銭起）

狂女　と鐘が詠み込まれた他に、この国でも各時代の

［クリ］
地　〽それ長楽（チョオラク）の鐘の声は、花の外（ホカ）に尽（ツ）きぬ、
シテ〽また龍池（リョオチ）の柳の色は、
地　〽雨の中（ウチ）に深し。
［サシ］
シテ〽その外（ホカ）ここにも代々（ヨヨ）の

人々が、詩歌の世界で聞き馴れているもののうち、

人、詞（コトバ）の林のかねて聞く、

地　有名なのは
高砂の尾上の鐘の音すなり暁かけて霜や置くらん（『千載和歌集』冬・三九八番歌・大江匡房）
（高砂の峰の上の鐘の音が枕元まで響いてくるのは、暁どきに霜がおりて冴えわたっているからだろうか）
と詠まれた高砂の鐘、秋の霜には空が曇り月も隠れてしまうのか、こもりくの泊瀬と呼ばれる長谷寺の遠くに聞こえる鐘、遠い昔からある難波四天王寺の鐘と、

地　〽名も高砂（タカサゴ）の尾上（オノエ）の鐘、暁（アカツキ）かけて秋の霜、曇るか月も隠口（コモリク）の、初瀬（ハツセ）も遠し難（ナニ）波寺（ワデラ）、

狂女　名物の鐘の音は多くの名所でも知られています。

シテ〽名所（ナドコロ）多き、鐘の音（オト）、

地　鐘の名所が数え切れないほどなのは、仏法繁栄の証しなのでしょう。

地　〽尽（ツ）きぬや法（ノリ）の声ならん。

[クセ]

地　山寺の春の夕暮来てみれば入相の鐘に花ぞ散りける（『定家十体』幽玄様・三五番歌・能因。『新古今和

地　〽山寺（ヤマデラ）の、春の夕暮（イウグレ）来て見

歌集』一一八番歌（初句山里の）の変形）
（花を求めて山寺の春の夕暮れ時を訪れたら、入相の鐘の鳴る中で花が音もなく散っていた）
の歌のごとく、まことにいくら惜しんでも、どうして花咲く春は夢のようにはかなくも暮れてしまうのでしょうか。そのほかでは、恋人たちが別れを惜しむ共寝の朝、飽き足らず恨めしく思うようになるのは、別れを急(せ)かせる鐘の音が枕元に響くからなのではないでしょうか。また、

待つ宵に更けゆく鐘の声聞けば飽かぬ別れの鳥はものかは（『新古今和歌集』恋三・小侍従・一一九一番歌）

（男を待つ宵に更けてゆく夜を知らせる鐘の音を聞くのに比べれば、名残が尽きないのに別れを急かせる明け方の鶏の声など何でもない）

という歌が詠まれたのも、鐘の音を恋の成就・不成就を知らせる合図と聞いたものではありませんか。

さらには老いの寝覚の床で長い間、大昔のことを思い出し、今となってはいくら恋しがっても夢の中でさえも昔は取り戻せず、淋しさのあま

れば、入相(イリアイ)の鐘に、花ぞ散りける、げに惜(ヲ)しめども、など夢の春と暮れぬらん、その外暁(ホカアカツキ)の、妹背(イモセ)を惜しむ後朝(キヌギヌ)の、怨(ウラ)みを添(ソオ)ふる行(ユク)方(エ)にも、枕の鐘や響(ヒビ)くらん、また待つ宵(ヨイ)に、更(フ)け行く鐘の声聞けば、あかぬ別れの鳥は、物かはと詠(エイ)ぜしも、恋路(コイヂ)の便(タヨリ)の、音信(オトヅレ)の声と聞くものを。
又は老(オ)いらくの、寝覚程経(ネザメホドフ)る古(イニシエ)を、今思ひ寝(イ)の夢だにも、涙心(ナミダゴコロ)の淋(サミ)しさに、この鐘のつくづくと、思ひを尽(ツク)す暁(アカツキ)を、何時(イツ)の時にか比(クラ)べまし。

り涙を流していると、この鐘の音が聞こえて来て、響きの度に世の無常を思い起こさせる暁方を、一体何時、想像したことでしょうか。

狂女「月は沈み夜烏が鳴いて

地　霜は辺り一面に降り、夜は冷え冷えと冴えわたり、入江の村の漁り火もいかにも心細げに揺らめき、夜中の過ぎたことを告げる鐘の音は旅客のいる船にまで聞こえてくる」(『唐詩選』「楓橋夜泊」張継)ような旅愁の一夜、みすぼらしい苫で葺かれた窓には雨粒がしたたり落ち、もうすっかり慣れっこになってしまった辛い船旅という、詩の世界で詠まれた水上の旅寝とは打って変わって、この鳰の海は波や風も静かで雨も降らず、秋の夜通し名月が澄み渡る、この三井寺の鐘の音は、どんな名所の鐘とも違う澄み切った美しさなのです。

10

シテ〽月落ち鳥啼(トリナ)いて、

地〽霜天(シモテン)に満(ミ)ちて冷(スサマ)しく、江村(コオソン)の漁火(ギョクワ)もほのかに、半夜(ハンヤ)の鐘の響(ヒビ)きは、客(カク)の船にや通(カヨ)ふらん、蓬窓雨滴(ホオソオアメシタダ)りて、馴(ナ)れし汐路(シオヂ)の楫枕(カヂマクラ)、浮寝(ウキネ)ぞ変(カワ)るこの海は、波風も静かにて、秋の夜(ヨ)すがら月澄(ス)む、三井寺の鐘ぞさやけき。

親子の対面　稚児（ちご）（子方）は寺僧（ワキ）に狂女（後シテ）の出身を問うてくれるように頼む。ワキがシテに問うた返事に、思わず声を上げる子方。その声にわが子の千満かと近付く狂女を従僧（ワキツレ）が払いのけ、シテは地面に伏せる様子で舞台中央に着座する。子方が止めようとするので、ワキは事情を察し、親子は名乗り合う。子方を立たせ、互いに名乗るように勧め、親子は名乗り合う。［ロンギ］の「この鐘の声立てて」でシテは立ち、うれしさにむせび泣く。
この段も［問答］を中心に小異が甚だ多い。なお、［ロンギ］のシテの第三句「親子に逢ふは」の末字、金春・金剛は「も」となる。

千満　もうしお願いがあります。

寺僧　何でしょうか。

千満　ここにいる物狂の出身をお問い質し下さい。

寺僧　これはとんでもないことをおっしゃいますね。

［問答］
子方〽いかに申すべき事の候
ワキ〽何事にて候ぞ
子方〽これなる物狂（モノグルイ）の国里（クニサト）を
問（トォ）うて賜は（ワ）り候へ（エ）
ワキ〽これは思ひ（イ）も寄らぬ事

しかし何でもないこと、聞いて上げましょう。やい、そこにいる狂女よ。お前の故郷はどこなのかね。

狂女 私は駿河の国の清見が関（静岡市清水区興津清見寺町）の者でございます。

千満 何だって清見が関の出身と申しましたか。

狂女 おや不思議。今のお声は正しくわが子の千満殿でございましょう。ああうれしい。

寺僧 ちょっと待て。この狂女はずいぶんぶしつけなことを言うものだな。やっぱり物狂に違いない。

狂女 いや私は気が触れてはおりませんのに。狂乱するのもわが子との別れが原因です。再会できたらどうして狂ったり致しましょうか。これは本当のわが子なのです。

従僧 やっぱりわが子などと言うか。でたらめなこと

を承り候ものかな、さりながら易き間の事尋ねて参らせうずるにて候、いかにこれなる狂女、おことの国里は何処の者にてあるぞ

シテ〽これは駿河の国清見が関の者にて候

子方〽何なう清見が関の者と申し候か

シテ〽あら不思議や、今の物仰せられつるは、正しく我が子の千満殿ごさめれあら珍しや候

ワキ〽暫く、これなる狂女は粗忽なる事を申すものかな、さればこそ物狂にて候

シテ〽なうこれは物には狂はぬものを、物に狂ふも別れ故、逢ふ時は何しに狂ひ候べき、これは正しき我が子にて候

ワキツレ〽さればこそ我が子と申

を言う女だ。さっさと下がれ。

千満 ああ悲しい。そんなに乱暴になさらないで下さい。

寺僧 これは驚いた。もう顔に出ておられますな。この上は正直に本当のお名前をお名乗りなさい。

千満 今は何を隠しましょう。私は駿河の国清見が関の者でございます。人商人の手に落ちてしまいましたために、今は逃げ出してこのおん寺にお世話になっておりますが、母上様が私をお捜しになって、このように狂乱の旅に出られたとは、夢にも私は存じませんでした。

狂女 また私も狂乱いたしましたことは、あの稚児に生き別れたためですので、偶然出逢ったうれしさのあまり、すぐに母だと名乗ってしまいましたことは、わが子に恥をかかせる結果となりましたけれども、

すか條なき事を申し候、急いで退き候へ

子方〽あら悲しやさのみな御打ち候ひそ

ワキ〽言語道断、はや色に出で給ひて候、この上は真直に御名のり候へ

［クドキ］

子方〽今は何をか裹むべき、我は駿河の国、清見が関の者なりしが、人商人の手に渡り、今この寺に在りながら、母上我を尋ね給ひて、かやうに狂ひ出で給ふとは、夢にも我は知らぬなり

シテ〽又わらはも物に狂ふ事、あの稚児に別れし故なれば、たまたま逢ひ見る嬉しさのまま、軈て母よと名のる事、我が子の面伏せなれど

狂女　わが子のために心迷う親の身にとっては、恥も外聞もございません。

地　ああおいたわしい。世間体も時と場合によりましょうに。出逢ったことを素直に喜ばれるがよろしい。

狂女　うれしいながらもやつれ果てた、姿はさすがに恥ずかしく、隠そうとしても涙は洩れあふれてしまいます。

地　まことに一世限りで再会が難しいはずの親と子の、縁が尽きない運命だったのか。

狂女　よりにもよって十五夜の今宵に、

地　この三井寺にたどり着いて、

狂女　親子が再会できたのは

地　どうしてかというと、この鐘を撞き鳴らして音

[下ゲ歌]

シテ〽子故に迷(マヨ)ふ(オ)親の身は、恥(ハヂ)も人目(ヒトメ)も思は(ワ)れず。

[ロンギ]

地〽あら傷(イタワ)はしの御(オン)事や、外(ヨソ)目(メ)も時に依(ヨ)るものを、逢(オ)ふ(オ)を喜び給ふ(オ)べし、

シテ〽嬉しながらも衰(オトロ)ふ(オ)る、姿はさすが恥(ハヅ)かしの、洩(モ)りて余れる涙(ナミダ)かな、

地〽げに逢(ア)ひ(イ)難き親(オヤ)と子(コ)の、縁(エン)は(ナ)尽(ツ)きせぬ契(チギ)りとて、

シテ〽日こそ多きに今宵(コヨイ)しも、

地〽この三井寺に廻(メグ)り来て、

シテ〽親子(オヤコ)に逢(オ)ふ(オ)は

地〽何故(ナニユエ)ぞ、この鐘の声立てて、物狂のあるぞとて、お

を立て、物狂がいるぞと、お咎め下さったためでありますから、普通の男女の契りの場合は、別れの鐘と嫌うものを、親子の契りに取りましては、鐘のせいで出逢えた夜なのです。うれしい鐘の音ですこと。

咎(トガ)めありし故なれば、常の契(チギ)りには、別れの鐘と厭(イトイ)ひしに、親子の為の契(チギ)りには、鐘ゆゑに逢(オオ)ふ夜(ヨ)なり、嬉しき鐘の声かな。

11

結末　母（後シテ）は千満（子方）を抱えるようにして舞台中央に導き、常座まで見送り、子方は橋掛りから退場する。シテは最後に常座で留拍子(とめびょうし)を踏んで留める。

地

かくしてわが子を伴い故郷に立ち帰り、かくしてわが子と共に故郷に戻り、親子の契りは再び途切れることなく、家は富み栄えたということだ。まことにめったにないような親孝行の威徳こそめでたいことであった。孝行の威徳こそめでたいことであった。

［キリ］

地　〽かくて伴(トモナイ)ひ立ち帰り、かくて伴ひ(イ)立ち帰り、親子の契(チギ)り尽(ツ)きせずも、富貴(フッキ)の家となりにけり、げにありがたき孝行(コオコオ)の、威徳(ヰトク)ぞめでたかりける、威徳ぞめでたかりける。

〈三井寺〉の舞台

観世流シテ方・河村　晴久

旧暦八月十五日、中秋の名月の夜、月の光は琵琶湖の景色を浮かび上がらせ、「声園城寺」といわれる美しい鐘の音色が湖の上に響き渡る。〈三井寺〉の舞台は、それだけで詩情豊かなものである。行方知れずの子を求める母は狂女となる。狂女とは、子を一途に思うあまり理性が解放され、心のあるがままに振る舞う状態で、今日の病理的なものとは異なる。〈三井寺〉ではこの美しい月光、鐘音に母の心はしばし詩的世界に戯れる。

前場は京都東山の清水寺。静かに母（前シテ）が現れ、合掌する。観世音菩薩の前で、子の行方を求め再会を祈る姿である。「我が子に逢はんと思はば三井寺へ参れ」（10頁）との夢の告を受ける。門前の者（間狂言）は「尋ぬる人に近江（会う）の国、我が子を三井寺（見る）」とこの夢を占い、母は急いで近江国（滋賀県）の三井寺（園城寺）に向かう（中入）。後場は三井寺が舞台になる。まず後見が鐘楼の作り物（大道具）を据置く。千満丸（子方）を先頭に、園城寺の住僧（ワキ）・従僧（ワキツレ）・能力（間狂言）が登場する。［次第・名ノリ・上歌］と定型の展開で、十五夜の月を愛でようと皆が講堂の庭に出る。幼い千満のため能力が面白く小舞を舞う。折しも狂女の来訪を知った能力はこれを境内に入れようとするが三位殿（ワキツレ）に制止される。狂女を見たい能力は、勝手に狂女を招き入れる。［一声］の囃子に乗って狂女となった母（後シテ）が現れ、月に浮かぶ景色のなか、三井寺に着く。能力が鐘を撞く。「ジャーンモンモン」と撞いた音と共鳴する唸りが擬音で表される。鐘の音にひかれて母も鐘を撞こうとして諌められる。それに対して次々と故事をひき、鐘を撞き、さらに鐘について語るうち、千満は母と知り、声をかけて再会し、母子は共に里に帰る。現在物（時間の進行のまま物語が展開する能）ではあるが、最後の部分だけ「富貴の家となりにけり」（33頁）と過去形で、昔物語の風情になる。間狂言が劇の進行に大きく関わり、謡本にはその問答が書かれていないが、所作、言葉とも大変面白い。流儀により問答や進行の詳細が異なる。「無俳之伝」の小書（替演出）では夢占の男が省かれる（俳とは間狂言のこと）。

水衣（みずごろも）—男女を問わず上衣としてよく用いられる。袖をたくし上げて、肩の所に縫い止めている。所作をする活動的な表現である。ワキの僧は同じ形の水衣でも肩を縫い上げていない。

面（おもて）—深井（ふかい）、曲見（しゃくみ）など。中年の女性の面。目の影に特色があり､曇らせる（下に伏せる）と子を求めて泣く悲しみの表情がよく表現される。照らす（上に向ける）と影が消え、遠くを見たり、演者の表現力と相まって晴れやかな表情になる。

摺箔（すりはく）—生地の上に箔を摺（すり）付けて文様を表す。深井などの面を使い無紅（いろなし）の装束を着る狂女では、銀の摺箔を用いる。

縫箔（腰巻）（ぬいはく（こしまき））—摺箔の上に刺繍で文様を表したもの。中年の女性では、赤い色を入れない無紅（いろなし）の縫箔となる。腰巻とは両袖に手を通さず、上半身を脱ぎ、腰に巻き付けた着方。

笹—笹を持つと狂女であることを表す。

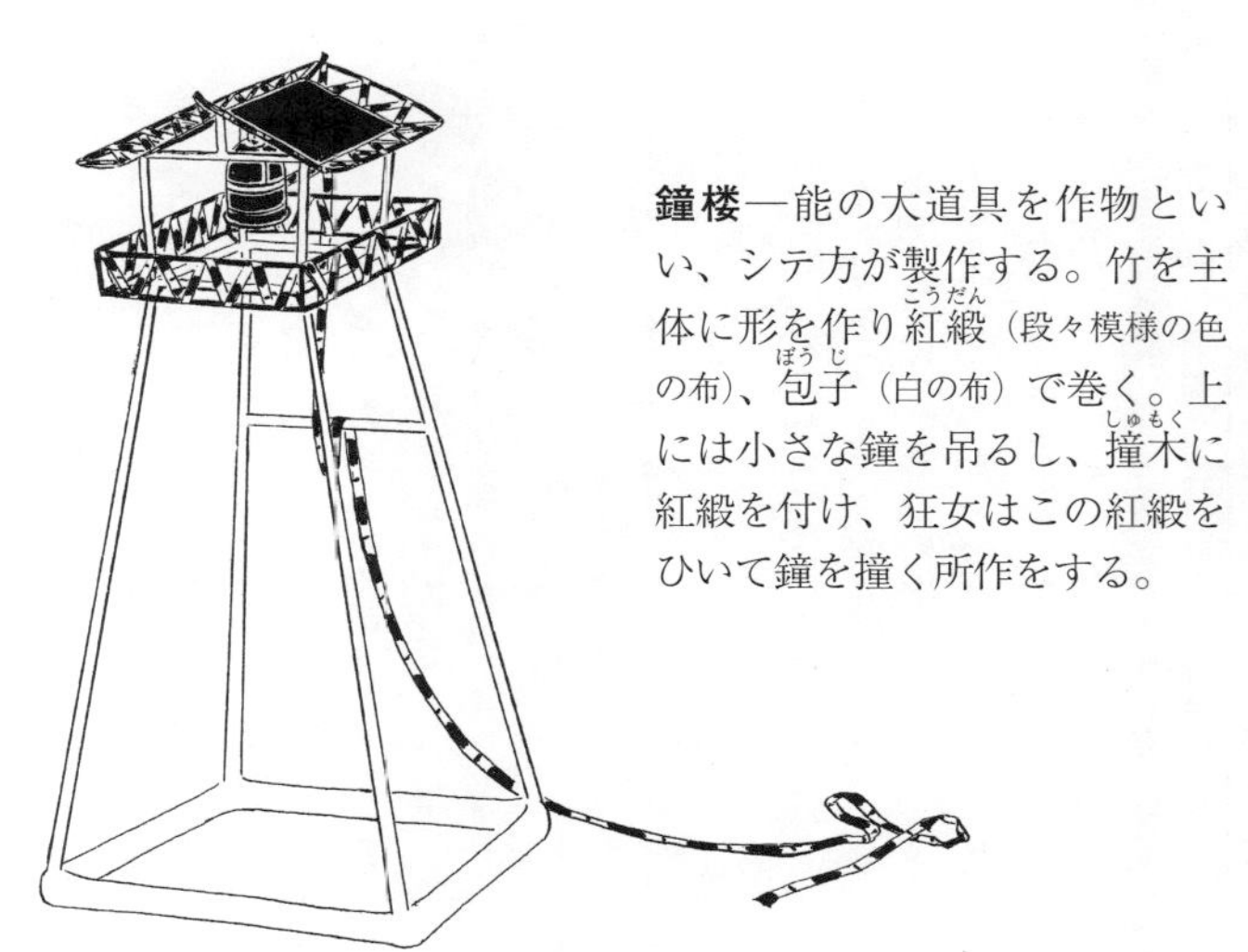

鐘楼—能の大道具を作物といい、シテ方が製作する。竹を主体に形を作り紅緞（こうだん）（段々模様の色の布）、包子（ぼうじ）（白の布）で巻く。上には小さな鐘を吊るし、撞木（しゅもく）に紅緞を付け、狂女はこの紅緞をひいて鐘を撞く所作をする。

能の豆知識

シテ 能の主役。前場のシテを前シテ、後場を後シテという。

ワキ シテ（主役）の相手役。脇役のこと。

ツレ シテやワキに連なって演じる助演的な役。シテに付くものをツレ（シテツレともいう）、ワキに付くものをワキツレという。

間狂言（あいきょうげん） 能の中で狂言方が演じる役。アイともいう。狂言方の主演者をオモアイ、助演者をアドアイとよぶ。

地謡（じうたい） 能・狂言で数人が斉唱する謡。謡本に「地」と書いてある部分。地ともいう。能では舞台右側の地謡座と呼ばれる場所に八人が並び謡う。シテ方が担当する。

後見（こうけん） 舞台の後方に控え、能の進行を見守る役。装束を直したり小道具を受け渡しするなど、演者の世話も行う。

後見座（こうけんざ） 鏡板左奥の位置。後見をつとめるシテ方（普通は二人、重い曲は三人）が並んで座る。

見所（けんしょ） 能の観客及び観客席のこと。舞台正面の席を正面、舞台の左側、橋掛りに近い席を脇正面、その間の席を中正面と呼ぶ。

物着（ものぎ） 能の途中、舞台で衣装を着替えたり、烏帽子などをつけたりすること。後見によって行われる。

中入（なかいり） 前・後半の二場面に構成された能で、前場の終りに登場人物がいったん舞台から退場することをいう。

床几（しょうぎ） 椅子のこと。能では鬘桶（かづらおけ）（鬘を入れる黒漆塗りの桶）を床几にみたてて、その上に座る。

作り物（つくりもの） 主として竹や布を用いて、演能のつど作る舞台装置。

〈三井寺〉のふる里

清水寺（きよみずでら） 京都市東山区清水一丁目
京都市営バス清水道、五条坂から徒歩10分
〈熊野〉〈田村〉〈盛久〉などの舞台でもある。

三井寺（みいでら） 滋賀県大津市園城寺町二四六
京阪電鉄石山坂本線三井寺駅より徒歩10分
正式には長等山園城寺。天台寺門派総本山。境内に国宝・重文の建物が点在。本堂右側に「三井の晩鐘」を吊した鐘楼、山側に弁慶の引摺鐘を安置した霊鐘堂。西国十四番札所観音堂前の観月台から、琵琶湖と手前に唐崎、対岸の鏡山、山田矢橋を遠望できる。

志賀の山越 志賀越道はいくつもあるが、現在は京都北白川から叡山の南裾を通る山中越か、粟田口から山科、逢坂山を越えるのが一般的。

清見寺（せいけんじ） 静岡市清水区興津清見寺町
JR東海道本線興津駅徒歩15分
清見ヶ関のおかれた東海道の交通の要衝。（編集部）

お能を習いたい方に

能の謡や舞、笛、鼓に興味をもたれたら、ちょっと習ってみませんか。どなたでも能楽師からレッスンを受けられます。関心のある方は、能楽堂や能楽専門店（檜書店☎03-3291-2488　わんや書店☎03-3263-6771　能楽書林☎03-3264-0846など）に相談すれば能楽師を紹介してくれます。またカルチャーセンターでもそうした講座を開いているところがあります。

竹本幹夫（たけもとみきお）
早稲田大学文学学術院教授、東京生まれ。
早稲田大学大学院文学研究科博士課程修了。文学博士。
著書に、『観阿弥・世阿弥時代の能楽』（明治書院）、『風姿花伝・三道』（角川学芸出版）他がある。

✣対訳でたのしむ✣

三井寺（みいでら）

発行———平成28年8月2日　第一刷
著者———竹本幹夫
発行者——檜　常正
発行所——檜書店
東京都千代田区神田小川町2-1
電話03-3291-2488　FAX03-3295-3554
http://www.hinoki-shoten.co.jp
装幀———菊地信義
印刷・製本–藤原印刷株式会社

ISBN978-4-8279-1049-0 C0074
Printed in Japan

9784827910490

1920074007

ISBN978-4-8

C0074 ¥70

定価　本体700

檜書店

三井寺